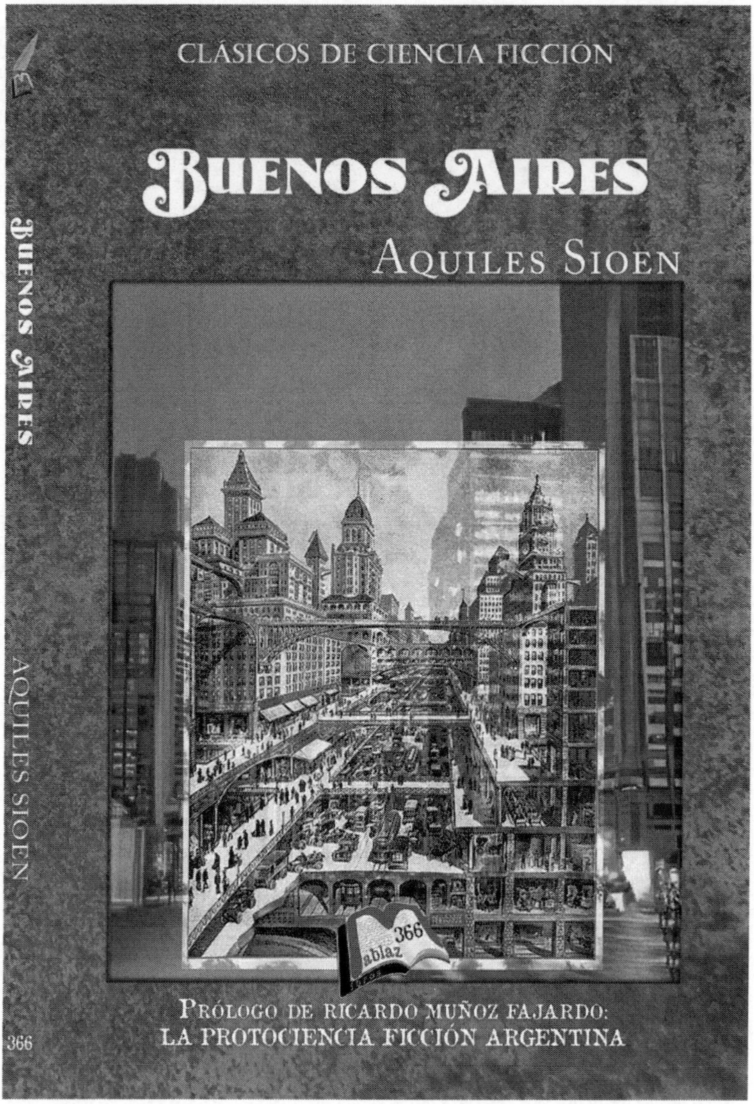

CLÁSICOS DE CIENCIA FICCIÓN

BUENOS AIRES

AQUILES SIOEN

366

PRÓLOGO DE RICARDO MUÑOZ FAJARDO:
LA PROTOCIENCIA FICCIÓN ARGENTINA

Ciencia Ficción y Fantasía - 134

Buenos Aires en el año 2080

Primera Edición, septiembre de 2024

© De esta edición, Libros Mablaz, 2024

Blogs:
Editorial Libros Mablaz
**http://editoriallibrosmablazycienciaficcion.blogspot.co
    m.es/**
Ciencia ficción y fantasía en Libros Mablaz:
http://mablazlibros.blogspot.com.es/
Introducción a las obras de Libros Mablaz:
http://librosmablazextractos.blogspot.com.es/
Libros Mablaz en Facebook:
https://www.facebook.com/groups/530547690292189/
Tu Librería en Casa:
https://www.facebook.com/TuLibreriaEnCasa
Librería Libros Mablaz:
**https://www.todocoleccion.net/buscador?from=top&bu
=libros%20mablaz**

Diseño de cubiertas: Mari Carmen López

ISBN: 978-84-128624-7-8
Depósito Legal: M-20123-2024

LIBROS MABLAZ - 366

BUENOS AIRES EN EL AÑO 2080

HISTORIA VEROSÍMIL

Achiles Sioen

o

Aquiles Sioen

PRÓLOGO:

LA PROTOCIENCIA FICCION ARGENTINA

Ángela B. Dellepiane, autora del estudio breve "Narrativa argentina de ciencia ficción: Tentativas liminares y desarrollo posterior", afirma que *las cualidades críticas y hasta didácticas de la C-F, son las que explican el interés de los escritores argentinos y de otras partes de Hispanoamérica por este género.*

Lo cierto es que, como esta autora también dicen, existe una protociencia ficción argentina que alguno de sus autores no saben incluso que la están haciendo.

Vamos a citar alguna de las obras relevantes existentes en Argentina en esa época, referida prácticamente al siglo XIX y principios del XX.

En primer lugar hablaremos de *Viaje maravilloso del Sr. Nic-Nac* (1875), de Eduardo

Ladislao Holmberg, considerado un genio desconocido, que aborda en su obra la visita a otros mundos. Genio o no, lo cierto es que la novela está repleta de faltas de ortografía.

Una segunda obra de Holmberg, que el subtitula fantasía científica, es *Dos partidos en lucha*, que tiene tintes de política-ficción.

Del mismo autor es *Horacio Kalibang o los autómatas* (1879), que se adelanta en más de cuarenta años a la definición de robot por parte dee Karel Capek en *RUR*.

Para terminar con Holmberg, hemos de citar cinco novelas cortas suyas, *La bolsa de huesos*, *La casa endiablada* y *Nelly* (1896 las tres), *Don José de la Pamplina* (1905) y *Más allá de la autopsia* (1906), pudiéndose consideras las tres primeras, sobre todo, como narraciones policiales fantásticas, tramas alimentadas por los elementos imaginativos del autor, propio de su obra, la variedad de los tipos y las situaciones, sostenidos por situaciones de magia diabólica.

Juan A. Alsina es el siguiente autor que citaremos, autor de la novela *En el siglo XXX* (1891), una distopía del futuro.

Libro extraño (1894), una relación de cinco tomos que cuenta una saga familiar, escrito por Francisco A. Sicardi, cuya conexión con el mundo fantástico es a través de la locura de cada uno de los personajes que van protagonizando la obra.

Enrique Vera y González, aunque español, emigró a Argentina durante unos años y durante su estancia en el país escribió *La Estrella del Sur o A través del porvenir* (1907), los dos títulos tiene, que tiene como protagonista a la ciudad de Buenos Aires en el año 2010, en ese momento conocida como Estrella del Sur.

Manuel Baldomero Ugarte, además de escritor, fue diplomático y político. En 1926 publicó *El camino de los dioses*, subtitulada Novela de la próxima guerra, anticipa en más de diez años la 2ª Guerra Mundial.

Llegamos por fin al título que ha reeditado en esta ocasión la Editorial Libros Mablaz, *Buenos Aires en el año 2080* (1879), escrita por Achiles Soen (castellanizado Aquiles Soen), un periodista de origen francés afincado en Buenos Aires.

La trama se desarrolla principalmente en la capital argentina y también en la Patagonia, tierras aún en parte desconocidas en el año de escritura de la obra, en la que se describe la Argentina del año 2080 a través de un viaje en tren del protagonista. Convertido en un país internacionalizado, en donde los idiomas francés, inglés, ruso y chino rivalizan con el español como lenguas de uso común entre sus habitantes.

Como muestra de lo anteriormente dicho, Achiles Soen estima que Buenos Aires ha pasado de 250.000 habitantes a 2.800.000, mientras que Argentina cuenta con 30.000.000.

Ricardo Muñoz Fajardo

AL SEÑOR DON ANTONINO CAMBACERES

PRESIDENTE DE LA DMINISTRACIÓN

DEL FERRO-CARRIL DEL OESTE

Señor:

Este librito, en el que, a la manera de Julio Verne, de Mery y del autor anónimo de *La batalla de Dorking*, se hace un bosquejo del Porvenir que espera a vuestra República, no podía menos que dedicarse a un gran Administrador, a un Político prudente, honrado y liberal; en fin, a un amante apasionado del Progreso bajo todas sus formas.

He ahí, en verdad, las cualidades que habrán de sobresalir en vuestros hombres de Estado, si desean asegurar para la

11

Patria Argentina la prosperidad que, sin temor de equivocarme, se la puede augurar, y que yo le deseo con todo mi corazón.

¿Quién, sino vos, podría ser más acreedor a mi preferencia, Señor? Este librito podrá elevarse hasta los astros, si os dignáis aceptar su dedicatoria, si el público le concede una pequeña parte de la merecida popularidad y de la alta consideración con que os rodea.

Dignaos admitir, Señor, con la seguridad de mi gratitud, la de mi profunda consideración.

A. Sioen.

Buenos Aires, Julio 23 de 1879.

Señor Don Aquiles Sioen:

Presente.

Distinguido Señor:

Carezco absolutamente de los méritos que V. tiene la bondad de atribuirme. Acepto, no obstante, gustoso, la dedicatoria de su libro, pero sólo como una prueba de la benevolencia que V. me manifiesta.

Buenos Aires en el año 2080: he ahí, sin duda, un vastísimo tema de estudio, el que, seguro estoy, ha de ser tratado por V. con el distinguido talento de escritor que le caracteriza.

Con toda consideración me digo de V. atento S. S.

A. Cambaceres.

Casa de V.—Agosto 9 de 1879.

BUENOS AIRES EN EL AÑO 2080

¿Qué es esto?

¿Qué significa este título?...

¡Ay mis lectores amados, lo primero que ha de mortificar a ustedes, como a nosotros es, saber que, para aquel año, ni nuestro polvo conservará ya la tierra en su regazo, porque ni eso querría Dios que haya quedado bajo de tierra, PARA NO ESTORBAR.

BUENOS AIRES EN EL AÑO 2080, es simplemente un libro que llevará ese título.

Su autor es el señor A. SIOEN, distinguido periodista francés, que hace algunos meses se halla entre nosotros.

A pesar de haber venido muy

14

recomendado a personajes altamente colocados de nuestro país, él, por un rasgo
de modestia de los que no comprendemos,
ha permanecido callado, sin hacerse conocer, consagrado al estudio del idioma
español y del país que ha venido a visitar.

Hombre de claro talento, instrucción
y observador, ha escrito un libro, al que
ha dado el título que lleva este artículo, y
el que nos hace suponer que el atrevido
viajero del pensamiento, no satisfecho
con el espectáculo que hoy le presenta la
bulliciosa y alegre BUENOS AIRES DEL 79,
se ha ido hasta el año 2080, suponiendo,
ideando, imaginando lo que será en
aquella época remota.

Estas cosas son muy propias del
vuelo pintoresco y caprichoso de la imagi-

nación francesa, ESA AURORA ETERNA que brilla sobre los mundos, como el faro que conduce a la humanidad a la conquista definitiva de sus grandes destinos.

Bien venido sea el libro del ilustrado y simpático escritor francés, señor Sioen!

Ya está en prensa, y ha tenido la feliz idea de dedicarlo al hijo del francés más querido y respetado que habitó estos países: a don Antonino Cambaceres!

Bajo la sombra que da ese árbol, el interés que despertará el libro, y la protección de la prensa, HARÁ CAMINO.

Lo garantimos, saludando desde ya a su autor, que es nuestro colega en esta gran campaña de la prensa militante.

HECTOR F. VARELA

I

El 15 de Octubre del año de gracia 2080, a las nueve de la mañana, Dn. Pedro, Gobernador de la Provincia de Coluguape, en la Patagonia Central, recibió de Buenos Aires el despacho telegráfico siguiente:

—"Ministro Obras Públicas espera esta noche a su hijo Enrique."

Dn. Pedro llamó a este, le echó su bendición y le dijo:

—Tienes veinticinco años, has descubierto cerca de la Rioja una mina de cobre que asegura tu fortuna, te he asociado a mis trabajos administrativos desde que saliste del Ateneo Argentino;

es preciso ahora que viajes para completar tu instrucción, y que te cases para que seas virtuoso. El Ministro te llama, ve, y que Dios te bendiga.

Pocos instantes después, Enrique, seguido de Bonifacio, su fiel sirviente, y munido de una carta de recomendación para Don Sebastián, diputado por la Provincia, se hallaba en la estación de San Cristóbal, capital de Coluguape.

Los dos viajeros llevaban el traje de la época: un dolman de crespó de Córba, unas bragas con mil pliegues, un chambergo flexible, de anchas alas, adornado con una pluma de Carancho, y al hombro un albornoz árabe, todo ello según el último figurín del Diario de Modas de

Buenos Aires La Familia, cuya publicación cuenta ya más de dos siglos.

La orquesta, colocada a la cabeza del convoy eléctrico, ejecutó una breve clarinada y el tren partió como una flecha.

Apresurémonos a decir que la línea Sud-Americana que atraviesa toda la República Argentina, y que va del Estrecho de Magallanes a Rio-Janeiro, pasando por Buenos Aires y la Asunción, es una de las mejores del mundo. La velocidad media es de 360 *kís* por hora. Antes se decía *Kilómetro*, hasta que el ilustre matemático inglés Fletcher hubo demostrado que, en este siglo de viajes, un hombre, de edad de ochenta años, había perdido tres de su vida por decir kilómetro, palabra que se hizo tan usual desde que se adoptó el sistema métrico Francés por todos los pueblos del orbe. Los sabios chinos miden la distancia por *li*, desde tiempo inmemorial.

El convoy de la línea Sud-Americana arrebata en su vuelo, a impulsos de la electricidad, cinco mil viajeros. Un lindo corredor acapullado lo atraviesa en toda su longitud y comunica, por intervalos, con varias piezas notoriamente indispensables, visto el estado de nuestra civilización: una sala para baños, una biblioteca, una capilla, un gabinete de lectura, un salón de juego, un teatro, una fonda, un café. Hay también dos bazares de *toilette* o tocador en donde viajeros y viajeras hallan toda clase de trajes y otros artículos necesarios, lo que dispensa de llevar, como sucedía antes, esos bagajes tan pesados llamados baúles, cajas y cajones, sombrereras, cartones etc., etc.

Tocante al servicio de sus empleados, cumplen con él con tanta amabilidad y modales tan finos, que el proverbio: "Cortés como un empleado del Ferro-Carril Sud-Americano", se ha introducido en la lengua de todos los pueblos. Debemos, a fuer de verídicos, agregar que esta cortesía, no tan sólo se halla en las líneas de los Ferro-Carriles, sino que también la vemos en los empleados de todas las Administraciones del servicio público: en las oficinas de los Ministerios, por doquier, los visitantes reciben una acogida amable y solícita.

Mientras se paseaba por los vestíbulos, Enrique se fijó en una joven de extremada hermosura, y, siendo el amor el único antídoto contra el fastidio consiguiente a los largos viajes, se enamoró de ella eléctricamente: ¡las pasiones al vapor concluyeron su época!

Esta viajera se llamaba Primavera. Viajaba sola, según es práctica de las jóvenes doncellas de alta alcurnia, pero, según costumbre, también se hallaba bajo la protección de todos los ancianos del convoy. ¡Ay de aquél que intentara causar la más leve alarma a una muger que viaja sola! Se le aplicarían los castigos más severos del Código penal.

Las Cámaras de este país han prestado grandes servicios, no sólo a su patria, sino también a la humanidad entera, al redactar, aplicar y publicar el nuevo Código Argentino, resumen de extensos y serios estudios hechos acerca de las reformas reclamadas por el Comercio, la Administración y las costumbres del pueblo al empezar el siglo vigésimo primero. Ellas hicieron, sobre todo, un excelente uso de su autoridad soberana al poner a la mujer bajo la protección de todos, y principalmente al tomar las medidas más ingeniosas para popularizar el matrimonio y suprimir el celibato.

Estos sabios legisladores comprendieron muy bien que, en el estado actual de la civilización, el celibato era una azote más terrible que la antigua peste de que nos halla la historia. Impedir el nacer es un homicidio en masa cometido por la sociedad. En 1879, por ejemplo, cuando la América del Sur se hallaba casi desierta, y no hacía esfuerzo alguno para poblarse, el celibato podía ser una profesión admitida, una especie de bajalicato cristiano; pero hoy... ya es otra cosa. Hemos tenido que poblar, hacer salubre y fértil el terreno de nuestras provincias, desde Jujuy hasta Magallanes; este inmenso trabajo no podía confiársele a solteros. No se les ha dejado ninguna excusa a esos zánganos de las antiguas civilizaciones; nuestras opulentas compañías de Ferro-Carriles y Crédito Territorial, al hacer concesiones de terreno y dotes en dinero a los matrimonios pobres, han hecho que el celibato sea un vicio imposible en el año 2080.

La relajación de costumbres, entre los antiguos, ha retardado dos siglos el progreso de la verdadera civilización. Los cronistas del siglo XIX nos dan mucho que pensar acerca de lo que podría ser aquella, cuando nos refieren lo que sucedía entonces en el barrio más elegante y más concurrido de la ciudad: cuando las mujeres más honestas, las jóvenes más puras, no podían atravesar las calles Florida y Victoria sino pasando bajo el fuego de las miradas de la juventud dorada de aquella época, y teniendo a menudo que oir dichos picarescos o impertinentes a ellas dirigidos.

Era de buen tono, en aquellos tiempos, según parece, entre nuestra juventud porteña elegante, reunirse a ciertas horas del dia y de la noche a lo largo de las aceras, en los ángulos de las puertas, a la entrada de las tiendas en boga, y allí, en una postura provocativa, con el cigarro o el cigarrillo en los labios, la chuscada en la boca, lanzar miradas atrevidas y desvergonzadas a las infelices mujeres que pasaban, tanto jóvenes como viejas, ricas o pobres, casadas o solteras, honradas o no, cualquiera que fuese su condición o estado.

Nada diré de las óperas, ni de las óperas cómicas, ni de las operetas que hacían las delicias de aquellos tiempos, pero tengo empeño en citar un ejemplo de la literatura dramática, que, en el primer Teatro del pueblo más civilizado del mundo, era entonces aplaudido por lo selecto entre los hombres de talento.

Uno de los más ilustres poetas se atrevió a poner en escena a un joven abogado que, loco de alegría por sus triunfos obtenidos en el foro, al dirigir la palabra a su legítima esposa, le decía, en un momento de expansión y ternura:

"¡Podremos permitirnos el lujo de un hijo!"

Estas palabras bastan por sí solas para iluminar con luz siniestra los tristes misterios de los aposentos conyugales, y darnos la clave de la crisis de despoblación que pesaba sobre el antiguo mundo Europeo.

¡Qué época, que costumbres! *¡O temporal ¡O mores!*

Pero entremos de nuevo en el convoy Sud-Americano para estudiar y admirar nuestras costumbres modernas y enorgullecernos del progreso conquistado.

II

Enrique arrancó una flor de granado en el jardin del convoy, se la ofreció respetuosamente a la joven, y esta aceptola.

La aceptación significa, como es sabido, que la joven es dueña de su mano, y que el joven, por ese mero hecho, se constituye en desposado. Después de esta corta y decisiva ceremonia, si el desposado voluntario no se casa dentro de ocho días, será condenado a tres años de trabajo en las minas profundas, en donde los solterones seductores cavan galerías subterráneas, con el sudor en la frente. En tiempos antiguos existía un ser que se llamaba un rival: la especie casi se ha extinguido. Hoy, si un rival tuviese la osadía de pretender perturbar la felicidad de los desposados, se le condenaría al desmonte. Nuestro nuevo Código exige, con sobrada razón, que toda condena sea provechosa para la sociedad, puesto que el delito se hace en detrimento suyo. Por esto es que ya no existen cárceles, ni calabozos, en los cuales algunos desdichados arrastraban su triste existencia, sin lucro alguno para la humanidad; nuestras leyes, más sabias, han designado trabajos útiles como castigo para el delito, contentándose, para las faltas leves, con cubrir de vergüenza y de ridículo a los culpables, obligándoles por cierto tiempo a ostentar, en el ojal del dolman, cintas de colores chillones.

El convoy pronto llegó a la soberbia estación de Linda. Esta ciudad, que no cuenta un siglo de existencia, es, hablando con propiedad, la ciudad de la Instrucción Pública. Su admirable situación la había designado para este importante destino. En vez de hallarse rodeada de baluartes, como las ciudades antiguas, le sirve de adorno, en toda su circunferencia, una ancha galería elevada y en la que circula un aire fresco; este inmenso pórtico circular sirve de paseo para los ancianos y de refugio para las criaturas, en días de mal tiempo. Los canales de agua corriente y los corpulentos árboles prestan su frescura a todas las calles; las casas, construidas en el mismo nivel, tienen un jardin, una sala de baño y una fuente. Los diez colegios, o, por mejor decir, las diez manzanas, reciben la sombra de altos sicomoros, regados por juegos de agua y amueblados con bancos de césped. Están pobladas de estatuas de mármol y de bronce, copias de las obras maestras que los artistas de todos los países y de todas las épocas han legado a la posteridad. En medio de estos jardines encantadores, los profesores dictan sus cátedras. Los niños, aquí, empiezan sus estudios a los ocho años, y su instrucción completa dura siete. A todos se les enseña, además de las letras y de las ciencias, Leyes, Medicina, Filosofía, Comercio, Agricultura y Bellas Artes. Pero no es en Linda que los jóvenes terminan sus estudios prácticos. Tienen en seguida que concurrir a las cátedras de aplicación de las Facultades de Bahía Blanca, de Buenos Aires, de Corrientes, de San Luis, de Córdoba, de Tucumán o de Jujuy, para obtener los diplomas de doctores en leyes, o en medicina, de ingeniero, arquitecto o estánciero.

No hay profesores especiales para las lenguas vivas; el francés, el inglés, el italiano, el alemán, el ruso, el portugués y el chino se aprenden jugando, corriendo, nadando, pues en cada colegio hay niños de todos los países, y esos son excelentes profesores naturales.

Para mantener el estímulo, se ha conservado la antigua tradición de recompensar cada año a los niños según el mérito de sus trabajos; pero se han sustituido los premios ridículos de antaño por viajes, cuya duración es proporcionada al número de aprobaciones obtenidas en el concurso. Por ejemplo, al premio de excelente se le concede dar la vuelta al mundo, mientras que a los menos recompensados no se les permite ir sino hasta Nueva-York. La rapidez de las comunicaciones permite hacer todos estos viajes en tres meses —lo que duran las vacaciones—. El Estado es el que costea la instrucción pública; y los gastos que demandan los viajes de recompensa quedan a cargo de los presupuestos de las Sociedades científicas.

Desde Linda, Enrique envió, en su

nombre y en el de su desposada, un telegrama a las dos familias, pidiéndoles su beneplácito para el matrimonio. Esto no es sino una simple fórmula respetuosa. Las contestaciones fueron inmediatas y afirmativas, como siempre. "Un casamiento no debe jamás sufrir demoras," ha escrito el sabio legislador Cambaceres.

Enrique encontró las contestaciones en la pequeña estación de Nueva Rica, a donde se las habían dirigido "por tren volante". El casamiento fue, por lo tanto, celebrado inmediatamente en la Capilla del convoy y ambos esposos se juraron una fidelidad eterna.

Enrique hace a su muger la declaración de su amor en términos tranquilos y juiciosos, lo que demuestra un nuevo progreso en nuestras costumbres. En otros tiempos el amor empezaba por la *Stretta* y concluía por el *Andante*.

En el gran bazar del tren fue que Primavera compró su ajuar de casada: un vestido de crespón de la China, que hacía resaltar bajo sus pliegues y costuras la adorable forma de la joven esposa, una pañoleta con dos aletitas de gasilla, y un sombrerillo liviano, hecho de mil plumillas de reflejos dorados, y una garzota coqueta de plumas de paloma. Esta garzota es el signo con que se distinguen las mujeres casadas: invita al respeto.

En la estación de Tapalqué, Enrique y Primavera bajaron del tren para admirar el arco triunfal de esta gran Ciudad;

en él leyeron la inscripción siguiente: "A la memoria de Juan Avellaneda. Nació en 1910: libró a la humanidad de la fiebre amarilla y del cólera." Los héroes modernos (2080) no reciben semejantes honores sino por tales servicios. En tiempos pasados preciso era matar muchísimos hombres, llamados enemigos, para merecer un monumento y una inscripción. Ahora la memoria de los grandes matadores de hombres, de los carniceros heroicos, se arroja y entrega al odio público, y los nombres de los Césares, Napoleones y Guillermos son execrados del mundo entero.

Después de una parada de cinco minutos, volvió el tren a tomar su vuelo. Algunos artistas italianos, que subieron en la estación de Tapalqué, dieron un concierto en el teatro del tren: hubo gran concurrencia, pues la entrada no costaba sino 40 francos. El ilustre señor Carabelli, de Florencia, cantó la *cavatina* de la opera que produce en este momento un fanatismo en todo el mundo: *Lo que dice la mar*. Este gran artista está dotado de una voz muy débil, pero que se aviene bien con el genio de la música moderna, por su tenuidad maravillosa y su incomparable método. Apenas si se le oye, y uno se halla sumergido en el éxtasis; pero cuando el entusiasmo ya no conoce límites es cuando el artista termina la *cabaletta* con la boca cerrada: esto se llama el mayor prodigio del arte. Un estudio retrospectivo, publicado hace pocos días por nuestra Gaceta de los Teatros, nos hace saber que, en otros tiempos, el público, todavía en estado de barbarie, no aplaudía sino los desaforados gritos de los cantantes que lo ensordecían. ¡Si estos pobres *dilettantis* hubiesen podido oir a Carabelli!

Durante el concierto, un joven, de oficio periodista, no prestó ninguna atención al tenor, y tuvo sus ojos constantemente fijos en Primavera, sin el menor respeto para con la pluma de paloma que la joven casada llevaba en el sombrero. Enrique no miraba sino a su esposa: según la costumbre de los maridos de todos los tiempos, no podía notar el crimen del periodista; pero Primavera, dotada, como todas las mujeres, de una segunda vista, en semejantes casos, sorprendió varias veces los ojos del criminal.

Al finalizar la *Cavatina*, ella se aprovechó de los murmullos unánimes de entusiasmo, para decir a su marido estas sencillas palabras:

—Aquel joven que está vestido a la griega me ha mirado tres veces con ojos lánguidos.

—¡Será posible! —exclamó el marido—, ¡en qué siglo vivimos! Tal vez sea un error... Yo mismo quiero sorprender el crimen al irse a cometer: hagamos como si nada notáramos.

En ese mismo instante, el barítono Vocenarizo, el primer artista del teatro Italiano de Montevideo, empieza a cantar la grande aria del Rey de Lahore, una de las primeras obras del grande y siempre popular Massanet, que murió hará poco más de siglo y medio. Desde los primeros compases, el periodista culpable vuelve de nuevo a fijar sus miradas en la frente pura de la joven casada. Enrique tomó a dos ancianos inmediatos por testigos del atentado. Uno de ellos levantó los ojos hacia el cielo raso, y dijo con tristeza:

—¡He ahí lo que no se hubiera visto jamás en mi tiempo! ¡Un siglo perverso empieza; más vale morirse que presenciar la depravación del porvenir!

El otro anciano no tuvo fuerzas para poder manifestar su indignación: ¡estaba anonadado!

Se consideró de urgente necesidad la convocatoria de un Senado de Ancianos para juzgar al culpable, antes de llegar a

Buenos Aires, antes de pisar el suelo de esa antigua ciudad en donde el pudor reina cual soberano en las calles y en las plazas públicas. Nuestros padres se fastidiaron cinco siglos con el vicio; los hijos han tenido la feliz idea de ensayar la virtud, y se consideran dichosos.

El joven periodista compareció ante el Senado, y habiendo oido la fulminante acusación de los dos ancianos y de Bonifacio, testigo mudo de todo el suceso, empezó su defensa. Desarrolló una extensa teoría, en la que trató de probar que la música y el canto llegaban a todo su poder cuando se les escuchaba mirando a una bonita mujer desconocida.

—¿Son esas todas las razones que tiene Vd. que presentar para justificar su atentado? le preguntó el Presidente con acento severo.

—Creo que con eso basta, contestó el acusado.

Un murmullo de indignación recorrió por todo el auditorio. Se presentía condena rigurosa.

BUENOS AIRES

EN EL AÑO 2080

HISTORIA VEROSIMIL

POR A. SIOEN

BUENOS AIRES

IGON HERMANOS - EDITORES

Libreria del Colegio — Calle Bolivar N.° 60.

1879

III

En ese momento se llegaba a la estación marítima de Buenos Aires. Es un inmenso peristilo de mármol de los Andes, con cuatro columnatas pertenecientes al orden de las Gracias —nombre que se ha dado al nuevo orden de arquitectura inventado en el siglo XXI— y coronado por un soberbio ático, adornado con esta inscripción: Hospitalidad. Hacía algunos momentos que el tren iba costeando la rada hecha navegable hasta para los buques más grandes y en donde se veían ancladas innumerables naves de hélice eléctrica.

El joven periodista fue condenado al

matrimonio y nombrado miembro forzoso del Instituto de Buenos Aires.

—Joven, le dijo el Presidente, volverá Vd. a ser libre cuando haya, por medio del trabajo, hecho un descubrimiento útil para la Sociedad. El Instituto de Buenos Aires se halla provisto de cuantos recursos se necesitan para el genio inventor. Piense y halle.

El condenado dio las gracias, poniendo la mano sobre su corazon, y, al parar el convoy, bajó y se fue solo hacia el palacio en el cual debía quedar arrestado y en donde el carcelero le recibió con todos los miramientos debidos al valor desgraciado.

Enrique y su esposa bajaron en el Hotel de la Paz, hotel grande como una ciudad y que ocupa un espacio de seis cuadras, situado a lo largo de la Plaza del Plata, desde la avenida Rivadavia hasta la antigua calle del Temple. El antiguo Paseo de Julio, ensanchado con todo el terreno comprendido entre la orilla del río y la calle Reconquista, forma ahora una Plaza deliciosa, adornada con kioscos elegantes, fuentes, un mundo entero de estatuas, de flores, de árboles de todos los países de la tierra. Los arquitectos habían sabido aprovechar la barranquita que encajona el río para dar a este jardin un aspecto pintoresco y encantador. El Hotel de La Paz, que por medio de arcos elegantes formaba un conjunto de todas las partes de que se componía, no era una de las menores curiosidades de este delicioso rincón de la ciudad.

El Hotel no tiene más de un piso, superado por jardines colgantes, desde los cuales se descubre la admirable escena de la rada, y desde donde se puede seguir con la vista, por detrás de la colosal estatua dorada de Prometeo, el muelle gigantesco que se pierde entre el infinito de las olas. Nada puede igualar la magnificencia de los palacios que bordan la orilla del rio, de los jardines que coronan los palacios, especialmente del lado del Norte; nada puede dar una idea de la actividad prodigiosa que reina sobre todo el costado del Sur. La Naturaleza y el hombre se han asociado para materializar, en esta gran ciudad de Buenos Aires, el ensueño de la dicha humana y hacerla visible y palpable a los sentidos.

Pero lo que Enrique y Primavera no podían cansarse de contemplar, era ese muelle gigantesco, de seis *kils* de largo y 36 pies de ancho. Es un trabajo soberbio; para llevarlo a término hubo que cortar a pedazos algunas montañas y ahogarlas a lo lejos por medio de la dinamita. Esta prodigiosa calzada produce en el marino dulces ilusiones: cree que la Patria Argentina le extiende su mano al traves de las olas, le saluda cuando se ausenta, le llama a su llegada. Se ha precisado treinta años y mil millones para concluir este inmenso trabajo, que se debe a la liberalidad de un antiguo inmigrante llamado Pedro Largo. Había llegado pobre a esta tierra, cuando los terrenos se vendían por una bicoca; pero a fuerza de trabajo, con su inteligencia y algunas especulaciones felices, llegó a acumular una fortuna considerable. En sus últimos momentos, hizo un legado, a la Ciudad de Buenos Aires, de un millón, cuyos intereses, capitalizados durante cien años, habían de producir la suma necesaria para llevar a buen fin esta grande empresa. De los millones sobrantes, una parte se empleó en la construcción de un inmenso Pórtico en la punta del muelle, en donde se reúnen los filósofos y los políticos, para hablar de Dios y de la naturaleza de las cosas, entre lo infinito del Cielo y lo infinito de la mar. La otra parte sirvió para levantar, a la entrada del puerto del Riachuelo, la Estatua-faro de Prometeo, de la cual tendremos ocasión de hablar más adelante.

Buenos Aires, cuya población hace

dos siglos, no era sino de 250,000 almas, cuenta hoy con 2.800,000: ha crecido en proporción de lo demás de la República, que hoy posee 30.000,000 de ciudadanos. Limitada al Este por el Río, se ha extendido con tanta regularidad como este se lo permitiera, de cada lado de su antigua calle de Rivadavia; en conjunto cuenta cerca de 90 cuadras, es decir, que forma un cuadrado de cerca de una legua y media de costado. Todo el terreno, entre las calles Rivadavia y Cangallo, y en que se hallaba la antigua calle Piedad, ha sido despejado para formar la grande avenida Rivadavia, ancha de 160 metros, en cuyos costados se levantan corpulentos plátanos y sicomoros que forman alamedas soberbias, cuyas cimas, al moverse, producen un fresco tan agradable en las tardes calurosas del estío, que hacen de esta avenida un paseo delicioso. En esta avenida central, la más hermosa del mundo, se hallan reunidos todos los servicios públicos: el Palacio del Gobierno, de los Ministros y del Congreso; a la entrada de la avenida, haciendo frente a la Plaza del Plata, se levanta otro Palacio de vastas proporciones, en el cual se reúne el Consejo Municipal, y allí están las oficinas de la Hospitalidad. Se ha dado este nombre a una Administración encargada de velar por los extranjeros que recién llegan, y de proporcionarles cuanto puedan necesitar mientras hallen el trabajo para que son aptos. Allí hay registros en que pueden inscribirse los que buscan un empleo, una ocupación para sí o para sus capitales; y como el comercio y los financistas tienen la costumbre de ir todos los días a consultar esos registros, extraño sería que, tanto los que se ofrecen como los solicitantes, pasaran algunas horas sin encontrar lo que buscaran.

Las iglesias católicas son treinta y cinco; entre todas sobresale la catedral, de cuya descripción detallada nos ocuparemos más adelante; se la considera, con razón, como una de las maravillas modernas. Los protestantes tienen también varios templos, los judíos dos sinagogas, y los chinos tres pagodas. La capilla de los neo-católicos, que se hizo inútil hacia el año 1975, a causa de la dispersión completa de esta secta, ha sido transformada en local de reunión para los Espiritistas. El Espiritismo, en verdad, como recibe de los Espíritus, de dia en dia, más manifestaciones, cada vez más materiales, ha entrado de lleno en el dominio de las ciencias exactas.

Por esta sencilla enumeración de los edificios consagrados a los diferentes cultos se ve que todos los hombres de fines del XXI Siglo profesan una religión; esto quiere decir que el progreso realizado por la moral, por las Ciencias y por la civilización ha vuelto a traer hacia Dios a todos los espíritus superiores y rectos que, en siglos anteriores, sea por carecer de luces o por orgullo, se habían dado aires de materialistas. En nuestros días, un ateo se ha hecho tan escaso en el mundo como un animal feroz en la Pampa.

Respecto a teatros, se cuentan veintecuatro, de los cuales, cuatro italianos, tres franceses, uno alemán y cuatro chinos.

Nuestros jóvenes esposos, de lo alto de las azoteas del hotel, contemplaban el admirable espectáculo que ofrecían todos estos monumentos: esas torres, esas cúpulas, aquellos minaretes, aquellas agujas, que destacaban sus siluetas de piedra sobre el brillante azul del cielo. Enrique, sin embargo, recordó que el tiempo le apuraba, que era cerca de las cuatro, y que tenía que presentar a D. Sebastián, antes de la comida y de la audiencia del ministro, la carta que le había entregado su Padre. Dejó en el Hotel de la Paz a su fiel Bonifacio, y entró, con Primavera, en un pequeño cupé eléctrico, que los trasportó, en menos de cinco minutos, a casa del honorable Diputado.

Antiguamente, dos jóvenes esposos viajeros llegaban a Buenos Aires o a otra parte, con una carta de recomendación y se presentaban al número de la dirección. Un millonario, fríamente cortés, abría la carta, dirigía una sonrisa seria a los recomendados y después de decir, «¡muy bien!, ¡muy bien!», con tono benévolo, se dignaba a veces hacerles algunas preguntas más o menos discretas. Los esposos saludaban, se despedían y volvían al encierro de su cuarto numerado y oscuro de su desamueblado hotel.

A los ocho días, recibían del millonario una invitación para que fueran a comer a las seis en punto. La joven encargaba un vestido, un sombrero, un abrigo, todo al gusto del dia. El marido se hacía vestir como un figurín, alquilaban un carruaje, y se dirigían al convite, después de haber gastado seis u ocho mil pesos en aviarse, para hacer honor al corresponsal de un amigo.

Se sentaban a la mesa a las siete, porque uno de los convidados se hacía esperar. Se comía mal, la comida estaba fría, se hablaba de teatros, de carreras, a los postres servían quince gotas de Champaña, durante la noche un convidado aficionado y con romadizo cantaba una romanza, una señorita desollaba en el piano un valse de Metra o de Kleyn, a las once el dueño de casa anunciaba a los esposos que se iba al campo o de viaje dentro de tres Dias.

En cuanto Enrique y su esposa se hicieron anunciar, llegó D. Sebastián, tomó la carta, leyola, e inclinándose ante ellos les dijo:

—Bienvenidos sean Vds.; están Vds. en su casa; mi señora, que se encuentra en nuestra Estancia Las Negras, sentirá muchísimo no haberse hallado aquí para recibirlos.

Enrique estrechó la mano de este huésped amable y le dijo:

—Presento a Vd. a mi muy querida esposa, a la mujer a quien he dado mi nombre.

D. Sebastián besó la mano de Primavera, y, a los suaves acordes de una música invisible que tocaba el himno: *El*

Extranjero es un hermano, obra maestra del ilustre compositor belga Jansens, los condujo a un aposento, en donde los menores deseos de los viajeros se habían previsto.

Nuestros jóvenes esposos descansaron una hora, y al fin pudieron disfrutar de la dicha de hallarse solos por un momento consigo mismos. Al poco rato, dieron las seis, y con el último golpe empezó a hacerse oir en el vestíbulo un campanilleo alegre de áureo timbre; era el anuncio de la comida.

El juego de mesa de D. Sebastián es obra del célebre platero argentino Maguiades; todas las piezas, de plata maciza, han sido hechas con los primeros lingotes extraídos de las minas de San

Juan, de que fue el primero y principal accionista el tatarabuelo de D. Sebastián. Cuanto pueda encantar la vista y dilatar el pecho se halla admirablemente dispuesto sobre el mantel, formando el conjunto un museo de exquisita cinceladura. En tiempos ya remotos, según dicen los anticuarios y los arqueólogos, colocaban en los salones un Carlos Quinto en San Juste, un Sila abdicando, un Galileo que decía *e pur si mouve!*, un Gambetta en el acto de tomar asiento en la silla Presidencial, y otras formas estúpidas, que deleitaban a los antiguos burgueses. Las estatuitas de mujer son las únicas que ahora despiertan la admiración: el hombre o su semejanza, con su lineamiento simiano hecho de plata, de bronce o de mármol, aun cuando sea el mismo Apolo de Belvedere, no merece que se le mire.

Una curiosísima innovación impresionó sobre todo a los jóvenes viajeros. Delante de cada convidado da vuelta sobre un eje un ánfora de cristal, adornada con nueve figuras alegóricas de mujer, con sus atributos, y cuyos pies se apoyan ligeramente sobre urnas de cristal de Bohemia. Cada urna tiene su rótulo: Burdeos, Borgoña, Madera, Córdoba, Chipre, Constancia, Champaña, Bahía Blanca, Ermitage. Cada convidado elige el vino más grato a su paladar, pues todos están al alcance de la mano. En épocas de barbarie, un sirviente, vigilado por el dueño de casa, escanciaba con mano temblorosa, y a gotas, como si fueran rubíes, un burdeos equívoco, en copas como para enanos. ¡Y a esto se llamaba saber administrar una casa! Los administrados moríanse de sed o bebían agua.

El adorno del centro, que representaba las magas del África subyugando leones y tigres, se hallaba coronado por la antigua Muta, diosa del silencio; dirige sus miradas hacia los convidados, sonriéndose cual si quisiera invitarles a que se entregaran libremente a las suaves hablillas de la mesa, pero ella también tiene un dedo sobre la boca, que les dice que callen después de salir de ese recinto: lo hablado en la mesa no debe repetirse fuera de ella. Antigua máxima moral, rejuvenecida por la moderna civilización.

En la sociedad de antaño, la conversación de sobremesa rodaba sobre una opereta que había tenido un éxito escandaloso, o acerca de la vida y milagros de una mujer a la moda, o se hablaba de la nariz de una cómica, o de la ruptura habida entre dos amantes conocidos, o de carreras, o de mil futilezas del mismo calibre. Estas frivolidades y comadrerías ya no se ven en nuestros días: se habla, durante la comida, de historia, de viajes, de ciencias, artes y literatura.

La noticia de haberse proclamado la República en Inglaterra, noticia que llegó en ese dia, proporcionó a D. Sebastián, que era entonces uno de los mejores oradores políticos, la ocasión para lucirse, trazando la historia del Viejo Mundo, desde hacía dos siglos, para recordar de qué modo todas las naciones europeas habían llegado a adoptar la forma republicana y a constituirse en Estados Unidos de Europa.

Para edificación de nuestros lectores vamos a compendiar lo más breve que podamos, los grandes rasgos de esta interesante conversación.

IV.

Cien años después de la primera Revolución Francesa, es decir, en 1889, dijo, el arreglo de la cuestión de Oriente, produjo una conflagración general, que se podía prever desde cuarenta años atrás. Después de una lucha encarnizada de dos años, Inglaterra, que tenía por aliados a la Francia el Austria y la Italia, acabó por vencer a la Rusia, a la que el Imperio Alemán apoyaba; una parte del mapa de la Vieja Europa fue rehecho por el Tratado de Viena, en 1891. Un Reino de Grecia fue constituido con los restos de la Turquía de Europa, en otro tiempo llamados Albania, Tesalia y Romelia; la

Austro-Hungría —que habia cedido a la Italia el Tirol hasta los Alpes Rehéticos, la Istria y parte de la Croacia y de la Dalmacia hasta los Alpes Julianos al Este y Ragusa al Sur— recibió, en compensación, el Montenegro, la Bosnia, la Servia, la Bulgaria, la Valaquia y la Moldavia, el Würtemberg, la Baviera y el Gran Ducado de Baden. La Francia, volviendo a sus límites de 1870, recobró su Alsacia-Lorena y puesta en posesión de los Estados de Túnez y de Trípoli, de la Siria y de la Palestina. Inglaterra, con la isla de Chipre, que le quedó en propiedad, recibió el Egipto y el Imperio de Alemania, vuelto a ser reino de Prusia, restituyó a la Dinamarca el Ducado de Schleswig-Holstein. El Congreso había arrojado al islamismo fuera de Europa, y dando la Asiria, la Arabia y la Mesopotamia a la Persia, había dejado al Jefe de los Creyentes tan sólo el Asia Menor y la Armenia.

La cuestión Romana había sido resuelta de un modo que se creía entonces muy cuerdo. La Francia, como siempre generosa, le abandonó al Papa a *Jerusalem* con todo el territorio de la antigua Judea, y el Sumo Pontífice, cediendo a la fuerza que le impelía, fue a instalarse en la cuna misma del cristianismo, seguido de sus cardenales y de los superiores de todas las órdenes religiosas y monásticas. *Jerusalem*, por un momento, se convirtió, pues, en ciudad cristiana por excelencia. Pero los graves inconvenientes de este arreglo no tardaron en hacerse sentir: la súbita mudanza de clima había abreviado la existencia de varios papas —en 4 años murieron tres— y de los cardenales, por lo general de muy avanzada edad para resistir al cambio de condiciones que les acarreó su nuevo género de vida; los negocios urgentes sufrían demoras a causa del alejamiento de la cabeza de la Iglesia de los centros católicos; los fanáticos judaicos y musulmanes, trataban diariamente de fomentar desórdenes, y los Estados protectores temían a cada instante el tener que intervenir, para sofocar una revuelta o castigar una matanza.

También, cuando en 1894 la Italia —cuyo influjo, prestigio y riqueza habían ido a menos desde la salida del Papa— se hizo republicana, su primer cuidado fue el de suplicar al soberano de Jerusalem que volviese a Roma. Esta vuelta tuvo lugar en el año de 1895, y desde entonces, la Iglesia, libre, de las molestias que los poderes temporales le suscitaban en otros tiempos, libre dentro de la Italia libre, había visto duplicarse el número de los fieles. Entre tanto, distaba mucho de que todos los países de la antigua Europa hubiesen podido gozar, después del tratado de Viena, de una existencia igualmente feliz y próspera. La República Francesa e Inglaterra eran las únicas que no habían sufrido ninguna revolución interna; esta, porque su gobierno fiel interprete de la opinión pública, había marchado siempre de acuerdo con ella; aquella porque desde

1879 estaba en posesión de su forma natural de gobierno, forma tan flexible y que se amolda tan bien a la índole del país y al progreso de las ciencias económicas y sociales. Si Inglaterra, según el telegrama recibido hoy, ha renunciado a su forma de gobierno tradicional, es por haberse extinguido la dinastía, y que, el sufragio universal, consultado, ha querido probablemente, al decidirse por la República, entrar a formar parte de los Estados Unidos Europeos.

Sea lo que fuere, el ejemplo de la prosperidad de la República Francesa, más que no lo hubiesen hecho todos los libros, todas las teorías y todos los discursos del mundo, había asestado a las antiguas dinastías un golpe del que no volvieron a levantarse. Así pues, España en 1885, Italia en 1895, la Grecia en 1896 y Alemania en 1902, habían derribado la monarquía para adoptar la forma republicana. Después siguieron el impulso la Bélgica y la Holanda en 1908, Portugal en 1911, la Austro-Hungría en 1917, la Suecia en 1920, y Dinamarca en 1921. En fin, la Rusia, que después de la revolución de 1880 había echado por tierra el despotismo de los zares para adoptar la monarquía constitucional, entraba en 1933 en el gran concierto de los demás Estados, y fue en ese tiempo que se fundaron los Estados Unidos de Europa, que se componían de seis Estados al Norte y ocho al Sur.

Los ochos Estados del sur son:

Francia, Bélgica, Holanda, Suiza, Italia, España, Portugal y Grecia —Inglaterra, que tres túneles submarinos han convertido en potencia continental, formará probablemente en breve la novena potencia de los Estados del Sur—. Los seis estados del norte son: Suecia, Noruega, Dinamarca, Rusia, Alemania y Austria.

Paris se ha convertido en capital de Europa, Roma en la de los Estados del Sur, y Berlín en la de los Estados Unidos del Norte. Cada estado nombra su presidente y tres clases de diputados: diputados particulares, diputados de Estado, y diputados generales.

Los diputados particulares tienen sus sesiones en las antiguas capitales, los diputados de Estado se reúnen en Roma o

Berlín, y por último, los diputados generales celebran su Congreso en Paris. No hay sino un solo y único Senado, especie de gobierno central compuesto de ochenta personajes nombrados por las tres clases de diputados y del cual los presidentes de cada república son miembros por derecho. Se hacen representar en él por sus embajadores. A esta cámara suprema es que corresponden todos los asuntos internacionales; sus resoluciones son sin apelación y su cumplimiento compete a todas las naciones confederadas.

Gracias a esta amplia organización política y sobre todo al admirable invento del inmortal Horacio Varela, se ha suprimido la guerra, y el mundo goza de todos los beneficios de una paz inalterable. Sabido es que este gran filántropo inventó, hacia el año 1917 la extraordinaria máquina con que destruyó dos flotas de dos mil navíos encorazados, blindados, de espolón, etc., y tripulados con ochenta mil combatientes, todo en menos tiempo que el que necesita un reloj para dar las doce. El sublime inventor había descubierto que la atmósfera marítima era inflamable en la extension de cien leguas cuadradas, y que se encendía espontáneamente por medio de un tizón de amianto y de carbono puro. Antes de este descubrimiento, los buques, armados con cañones sencillos a la Schneider perfeccionados, no lanzaban sino un millar de bombas y balas en cinco minutos, de modo que la tercera parte de las dos flotas enemigas sobrenadaban siempre después de la batalla. El abuelo Varela, al popularizar su filantrópico secreto de destrucción, obligó a dos flotas a incendiarse mutuamente hasta la última chalupa y el último marinero. También desde esa época ya no se baten en el universo: el exceso del mal ha engendrado el bien.

El dinero gastado cada año por todas las naciones del mundo para conservar ejércitos enormes, de millones de soldados y marinos, en cañones y municiones, torpedos, equipos militares, en armar navíos, etc., etc. ha sido empleado desde entonces en el desarrollo de la instrucción pública, en estimular las ciencias, las letras, las artes, la industria y la agricultura, en taladrar túneles, en formar canales, hacer puentes y caminos, en obras hospitalarias, etc. etc. Por lo tanto la humanidad saca provecho cada año de más de cinco mil millones arrancados a la furibunda locura de los conquistadores, por medio de la sublime invención de un simple sabio, y una juiciosa organización política.

Tales fueron, en resumen, los asuntos de que conversaron Enrique y Sebastian, y, como se ve, en nuestras comidas y sobremesas modernas, si se habla, es para tener el gusto de decir algo. Como los viajes proporcionan instrucción a todos, en general, nunca faltan asuntos de grande interés, teniendo además el recurso de las noticias de bulto que a cada instante llegan, merced a los miles de hilos eléctricos, que, podríamos decir, traen, a Buenos Aires, la conversación del mundo entero. Toda casa pudiente tiene sobre el frente su *tabularium*, como antiguamente lo había en el muro Capitolino, y en él dejan consignado lo que en el Universo sucede y puede ser de interés, los empleados activos e inteligentes de la agencia telegráfica central, encargados de este ramo noticioso. Un sirviente, a quien un campanillazo avisa, corre a la puerta, recoge la noticia que halla en el *tabularium* y la transmite al dueño de casa.

En ese dia, mientras duró la comida, que sería como una hora—el telégrafo sirvió, a los convidados de Sebastián, cuatro noticias de interesante y elevada conversación, y varios chismecillos de las

crónicas de las Cinco partes del Mundo—.
Anunciaron que el Capitan Lagerie había
llegado a los 88° del polo Norte, con su
inmenso buque de acero, *La Ville de
Paris*, impulsado por cuatro hélices
eléctricas, de fuerza de cuatro mil ele-
fantes. En esa misma mañana, Lagerie
habría, pues, doblado el polo, derritiendo
los hielos, esos bancos congelados, con-
temporáneos de la creación. Los tripu-
lantes no habían sufrido nada con el frío,
merced a la calorosa atmósfera artificial
con que la ciencia eléctrica ha envuelto a
la Ville de Paris. Las ventajas que el
mundo espera de esta navegación son
incalculables, sobre todo la astronomía,
que va a dar un paso gigantesco en el
infinito.

Como noticia de postre, anunciaron, en seguida, que Ty Hoang, el Celeste Emperador de la China, había contraído matrimonio, a las dos y media de aquel mismo dia, con una joven porteña, que la víspera llegara a la ciudad de Pekín, adonde la enviara la grande agencia matrimonial de Buenos Aires. Acababa de celebrarse la ceremonia nupcial en el palacio Imperial de Tsu-Kin-Tching. Primavera vino a saber de este modo y con asombro ingenuo —pues las jóvenes que solo cuentan siete horas de casadas, ignoran ahora muchísimas cosas —que existe aquí una agencia matrimonial patronizada y bajo la vigilancia del gobierno, que extiende sus ramificaciones por todo el mundo. Esta institución, que forma parte de nuestro sistema de gobierno, y tiene por objeto propender al aumento de población, mediante el estímulo dado al matrimonio, data del año 1982.

Cuando hubo concluido la comida, los convidados fueron introducidos a la sala de las abluciones. Dos ayudas de cámara presentaron los aguamaniles de oro, y en palanganas de mármol dejaron correr abundante agua perfumada. Hemos leido un libro antiguo que trata de Urbanidad pueril y de buena crianza publicado en el siglo XIX, que, en esa época, todavía bárbara, después de la comida, se servía agua caliente en grandes tazas, y que todos, inclinándose sobre este espantoso baño mandibular, ejecutaban una sinfonía de encías y gargarismos de un sonido ronco, seguido de pequeñas cascadas nauseabundas capaces de sublevar el estómago de un náufrago en ayunas. Esta costumbre atroz, dicen, ha subsistido por todo un siglo, y también en las grandes salas de los *restauranes* públicos. Allí, una familia que recién se ponía a la mesa, a menudo tenía por vecina a otra familia que recién concluía de comer, y que en torno suyo lanzaba las salpicaduras de su baño maxilar.

¡Oh, tiempos! ¡Oh, costumbres!

A las ocho, Enrique rogó a Sebastián le condujera a casa del Ministro, y dijo a su esposa:

—Voy a tomar órdenes del Gobierno; no se debe desperdiciar ni un instante, tratándose de asuntos públicos: a las nueve estaré contigo.

Cándido, el mayor de los 14 hijos de

Sebastián, se ofreció para hacerle compañía a Primavera en ausencia de su esposo. Era un joven interesante de veintidós años; no deseaba sino casarse para ser feliz, pues los solterones no gozan de ninguna consideración en Buenos Aires.

El fresco ambiente de la noche era delicioso bajo los corpulentos y elevados árboles del jardin de Sebastián. Primavera se sentó en un banco de césped, y, según costumbre de las mujeres, dirigió la palabra a Cándido, que se mantenía de pie ante ella, en actitud respetuosa.

—¿Conoce Vd. nuestro departamento de Coluguape? —preguntó ella con ese tono familiar que alienta a los hombres tímidos, es decir, a todos los hombres.

—No, señora —respondiole Cándido,

inclinando al suelo la vista—; soy todavía demasiado joven y he viajado muy poco por mi patria.

—Pues ¿qué países ha recorrido Vd.?

—Me avergüenzo, señora, al tenerlo que confesar, no conozco sino la América del Norte y la India.

—¿Será que los viajes no le agradan, Cándido?

—Los adoro, pero estoy enamorado.

—Y ¿de quién?

—De Violeta, la más hermosa de todas las jóvenes de la isla de Borbon.

—¿Francesa?

—Sí, señora; me encontré con ella hace pocos días en el puerto de Saint-Denis a mi vuelta de Bombay; y desde entonces mi cabeza y mi corazon se han

83

quedado bajo los trópicos.

—Pobre niño; ¿y espera casarse para empezar a viajar?

—Sí, señora; preciso es ser dos para dar un paseo con gusto alrededor del globo, y es triste la soledad en ferro-carril.

—Es muy cierto; ¿y ha dado Vd. algunos pasos cerca de la familia?

—Esta mañana dirigí al padre un telegrama pidiéndole la mano de su hija, y aún no tengo contestación. ¡Juzgue Vd. cual será mi desesperación! Ni diez minutos se necesitaban para mandarme decir lo que determinaban.

—En verdad —observó la joven— ese silencio es inexplicable.

Cándido ahogó sus sollozos, y no teniendo nada que decir, se puso a pensar en Violeta.

Enrique, mientras tanto, guiado por Sebastián, iba hacia la casa del ministro de Obras Públicas. La ciudad había concluido su *toilette* para la noche. Dos veces por dia, antes de salir el sol, y a la hora general de las comidas —es decir, a las seis de la tarde, grandes carros de movimiento eléctrico, que a la vez riegan, barren y levantan automáticamente el polvo y el lodo, son lanzados a galope por todas las calles, que por este procedimiento quedan completamente limpias en un abrir y cerrar de ojos. A Gilles de París deben nuestras ciudades modernas esta invención higiénica. Una luz, a la vez suave y brillante, inundaba las calles, las avenidas, los jardines y las plazas, que más alumbradas parecían estar que en pleno dia, merced a la multiplicidad de picos eléctricos, distribuidos por doquier con profusión. Las tiendas, cuyas muestras eran figuradas por rayos de fulgurante luz, desarrollaban ante la vista deslumbrada de la muchedumbre los tesoros de la elegancia y del lujo de todo el Universo.

Enrique no prestó sino una mediocre atención a todas esas maravillas; anhelaba conocer el resultado de la entrevista que debía tener con el ministro, y, sobre todo, volver cuanto antes al lado de su querida Primavera.

Al fin llegó a casa del ministro.

Las horas de recibo son de las ocho P. M. hasta media noche. La audiencia tiene lugar, en verano, en un vasto jardin alumbrado por un pequeño sol eléctrico, y lleno de veladores de mármol; se extiende a lo largo de la avenida Rivadavia, sobre una azotea con *balustradas* de sándalo.

Enrique, al corriente de la etiqueta, se sentó delante de un velador desocupado, y, en el acto, un lacayo de servicio del ministerio le presentó un helado de sandía, una copa de constancia, y una torta de arroz dorada en el horno.

El Ministro, seguido de un secretario particular, iba de uno a otro velador, y recogía cuanto tenían que decirle. Preguntas, respuestas, reclamaciones, todo era conciso, lacónico...... como un telegrama.

Enrique oyó perfectamente lo que sus dos vecinos habían dicho al ministro, y se preparó para hablar en el mismo estilo e idéntico espíritu.

Uno de ellos había dicho:

—Yo soy Moreno, de Catamarca, ingeniero. Quiero canalizar, en las provincias del Gran Chaco y Jujuy, el Río Vermejo.

—Que desagua en el Paraguay —dijo el ministro.

—Sí, señor —repuso el ingeniero.

—Y tiene su nacimiento cerca de Jujuy.

—Sí, señor ministro. ¡Pues bien!, además de que todo este país se convertirá, por medio de este canal, en un jardin de 300 leguas, haré que queden reducidos a la mitad los gastos de conducción de los minerales y del petróleo, que abundan en la provincia de Jujuy y de las célebres maderas del Gran Chaco.

—Concedido —contestó el ministro.

Y el secretario impuso el sello de autorización sobre un papel de oficio y se lo entregó al ingeniero.

—Que Dios le ayude, y cásese Vd. —le dijo el ministro, dándole un apretón de mano.

El otro vecino dijo:

—Soy el prefecto del Rio Santa Cruz, en la Patagonia Austral.

—Mediocre departamento —dijo el ministro.

—Así es. Hay en él más de un millón de toneladas de eflorescencias Salinas, amontonadas por las aguas fluviales en las cavidades del suelo. He encontrado el modo de utilizarlo para la industria.

—Quiere decir que Vd. podría, al mismo tiempo, sacar partido de esas riquezas naturales, y devolver al terreno, que hoy las contiene, su natural primitiva fertilidad?

—Sí, señor ministro; pero yo pido para la Compañía que represento y que va a emprender esos trabajos, una concesión por veinte años, y el derecho exclusivo de explotación.

—¿Nada más que en aquel departamento?

—Sí, señor.

—Concedido. Prefecto ¿es Vd. Casado?

—Soy viudo.

—Vuélvase a casar, "id, creced, multiplicad y fertilizad."

El ministro llegó al velador de Enrique, y este se expresó así:

—Soy Enrique, hijo de Pedro, prefecto de Coluguape. He recibido esta mañana el telegrama del sr. ministro, cuyas órdenes espero.

—¿Es Vd. el que ha descubierto una nueva mina de cobre en la provincia de la Rioja, ese país de las codornices silvestres?

—Sí, y pido con la concesión de esa mina, una brigada de doscientos presos obreros.

—¿Qué profundidad tienen sus minas?

—Desde diez hasta diez y ocho metros. A cielo descubierto.

—Entonces, de los que están condenados a menos de tres años. Concedido —dijo el ministro—, los presos saldrán dentro de tres días.

Enrique saludaba ya como para despedirse. El ministro le detuvo y le dijo:

—La Prefectura de los Andes del Norte, a pocas leguas de su mina, está vacante desde anteayer. Nombro a Enrique, hijo de Pedro, prefecto de ese departamento. Esta es la razón por la cual deseaba verle. ¿Es Vd. casado?

—Tengo esa dicha —contestó Enrique.

—Que Dios le conceda todas las demás, repuso el ministro. Parta, explote su mina, sea buen administrador, tenga muchos hijos, y mándenos cada año un millón de *Kils* de cobre e igual número de excelentes codornices.

El secretario entregó sus títulos a Enrique, que estrechó la mano del Ministro y se apresuró a reunirse con Primavera.

Edificio Ferroviario Buenos Aires

VI.[1]

Al entrar en la casa hospitalaria, en la que le esperaban para dar comienzo a la función dramática, Enrique anunció a su esposa la gran noticia, la que dio muestras de una loca alegría, pues el rango a que había recién sido elevado su esposo le permitía usar un vestido muy sencillo, sin adorno de ninguna clase.

Los habitantes de Buenos Aires, que no tienen cómo proporcionarse el lujo de un teatro particular, se contentan con un abono en la Compañía General Grafo-telefónica, que envía a domicilio los sonidos de todos los teatros. Los hilos grafo-

---

[1] El autor omite un apartado V. en el original.

telefónicos recorren toda la ciudad por tubos subterráneos semejantes a los que en otro tiempo servían para canalizar el gas del alumbrado. El suscritor engancha su hilo particular en el de la Compañía, le aplica un micrófono, y si, durante la noche, tiene deseos de oir una representación, no hace sino abrir sencillamente su aparato. Como cada teatro tiene su hilo, puede variar o escoger a su gusto. Los más furibundos melómanos están suscritos a los conciertos permanentes de la calle Cristóbal Colon, que no cesan ni de dia, ni de noche.

En cuanto a los porteños ricos, casi todos tienen un teatro lírico en casa, con los que se proporcionan *soirées* musicales cuando no concurren al Gran Teatro de la ciudad. Sebastián recompensa espléndidamente a una excelente compañía italiana y a una orquesta alemana. El teatro o sala está en el primer piso y contigua a los aposentos particulares del dueño de casa y de sus huéspedes. No tiene sino una hilera de palcos con un antesaloncito amueblado con divanes, estilo turco; el auditorio jamás excede de treinta personas. No se habla sino durante los entreactos; se ha prohibido amistosamente el uso de guantes hechos de pieles de animales, vestidos ajustados y sofocantes, cuellos de ahorcado, y otras molestias de la antigua civilización. Preciso es que cada uno esté a sus anchas y mudo para oir la música.

Sebastián dio el palco de honor al

Prefecto y a su esposa. Se representaba la admirable ópera de Tin-tu-Ling cuyo título es *Setentrion* y África. Esta ópera no tiene letra, según la costumbre moderna, que empezó desde la insurrección del público, en la primera representación de *Lucrecia*; sin embargo, el público parisiense, muy indulgente, oía, desde cuatro o cinco siglos, las palabras siguientes:

Douce espérance

dans ma souffrance

quel doux espoir

mon cœur palpite

il·bat plus vite

douce chimère

en vain j'espère.

quel est donc ce mystère?

O moment fatal!

Je souffre et j'espère

mystère infernal!

¡Ahora bien! Una noche, el público, aburrido, al fin, de esta mistificación secular, se sublevó en masa, rasgó el libreto, rompió los asientos, pidió la cabeza del *surcidor* de palabras, y amenazó prenderle fuego a la Ópera, si volvían a romperle el tímpano, so pretexto de buena música, con esa poesía inmutablemente estúpida y añeja de varios siglos. El director se presentó, y reconociendo que el público tenía razón y mucha paciencia, prometió que en adelante las óperas no tendrían letra. Esta promesa fue aplaudida con entusiastas aplausos. No hay por qué agregar que todos los pueblos de la tierra aceptaron esta innovación con entusiasmo.

Esta feliz revolución debía engendrar otra: se inventaron instrumentos maravillosos que hablaban el idioma de los misterios y de la pasión: se inventó el divino *erófono* que es la voz del amor, y que no necesita acompañar a *Ídolo de mi vida*, o *mi ardor a su ardor corresponde*, para expresar en todos sus más tenues matices todos los mas tiernos afectos del corazon. La sinfonía, propiamente dicha, jamás tuvo palabras, y sin embargo ella todo lo expresa: es el melódico canto de lo infinito. La fantasía, el amor y el pensamiento religioso, absorbieron, desde ese instante, el genio de los grandes compositores, y produjeron obras maestras, ¡Se podrá creer que se han precisado siglos, para llegar a este resultado, y que el Orfeo de los Cristianos, el divino Rossini, ha arrojado su *Moisés* y su *Guillermo Tell* ante los bárbaros del siglo XIX!

El argumento de *Setentrion* y *África*, felizmente privado de palabras, se explica muy bien a los ojos. El viejo Setentrion, adornadas las sienes de témpanos de hielo y apoyado en un bastón de roble, atraviesa el lago Mediterráneo para calentarse al sol que se refleja en las montañas del Atlas. Una joven sentada sobre un león y coronada de la flor del loto, aparece y se apiada del pobre viejo desconocido transido de frío; toca su mano, y Setentrion parece despertar sobresaltado y recobra su juventud. Entonces, África coloca una flor de loto en la cabellera del anciano y le devuelve sus bucles de ébano; le da un beso en la frente, y él, que era un Saturno, se convierte en un Antinous. Pero todo el poder de la joven se limita a estas metamorfosis; a nada más alcanza su poder en pro del porvenir del África. Setentrion rejuvenecido, devuelto a su sangre el calor, enamorado, transforma a su vez este viejo Estado salvaje; siembra, edifica, fecunda, presta a la indolencia del mediodía el genio del Norte, y se completa la grande obra de la civilización.

Esta alegoría de la conquista del suelo africano por la Francia, había obtenido en Paris un éxito que no se debía tan sólo al sentimiento de un patriotismo legendario de ese país. Desde Orfeo, el genio del hombre no había, en verdad, producido ninguna obra tan divina.

Durante el entreacto, Cándido había

ido a hacerles una visita a sus dos amigos; en sus ojos se veían aún las huellas de las lágrimas que había derramado al oir las armonías del maestro, cuando celebraba las dichas del amor feliz y regenerador. Enrique le preguntó, con sincero interés, las causas de su abatimiento, y Primavera le refirió la triste historia del pobre enamorado.

Conmovido al oir de semejante infortunio, Enrique trató de consolarle y prometió que, si la respuesta que se esperaba no hubiese llegado por el siguiente día, iría él mismo a Borbon, antes de marcharse para su destino. Cándido, alborozado, estrechó la mano de Enrique y le dijo:

—¡Me vuelve V. a la vida! Dios es el

que le ha traído bajo nuestro techo. Violeta y yo le deberemos nuestra felicidad.

Después de la representación, Sebastian dijo a sus huéspedes:

—Mañana daré a Vds. otra sorpresa mayor: les haré ver todo Buenos Aires. Entre tanto, hagan provisión de descanso, pues el dia será de dura labor. En sus aposentos hallarán las noticias de la noche.

Al retirarse, Enrique encontró, en efecto, sobre un gran velador de ébano, la colección de los periódicos de Buenos Aires que salían por la noche: eran tomos elegantes, bien encuadernados bajo tapas flexibles, y del formato de un in 8° ordinario. En su mayor parte, estaban redactados en cinco o seis idiomas; el

Diario Oficial era el único que se publicaba en todos los idiomas de uso más general. Enrique vió con sorpresa que su nombramiento para la prefectura de los Andes del Norte se sabía ya y la discutían los periódicos. Todos, hasta los de la oposición —hoy la oposición es de buena fe— felicitaban al Ministro por la elección.

La sorpresa de nuestro joven prefecto hubiera cesado si hubiese podido ver el ingenioso mecanismo que compone, imprime y encuaderna los periódicos de ahora. El cajista, sentado delante de su máquina, que se parece mucho a los pianos de otro tiempo, recorre con sus ágiles dedos las teclas, al leer su manuscrito, y los caracteres, colocados en las casillas correspondientes a las teclas, se colocan en orden por sí mismos en la forma en líneas y en columnas. Un buen tipógrafo puede dejar listo un periódico de gran tamaño en una hora.

En cuanto a la máquina de imprimir puede sacar 500 ejemplares por minuto, 30.000 por hora, que salen de la prensa encuadernados a la rústica. Siempre es el antiguo sistema Marinoni al que nuestros modernos mecánicos han hecho algunas pequeñas modificaciones y agregados.

Nuestros jóvenes esposos no se entretuvieron mucho de política: tenían otras mil cosas que hacer. Después de haber dado gracias a Dios por las mercedes que les concediera en ese dia, entraron en el aposento destinado para el sueño.

VII.

Al dia siguiente, Sebastián madrugó mucho para hacerles ver a Buenos Aires a los dos jóvenes viajeros.

Un lindo y pequeño carruaje de paseo les esperaba ante la puerta de la casa; era una verdadera joya, liviano como una mariposa, sólido como el Bronce, sencillo como el acero bruñido. El tiro figuraba un hipogrifo con alas azuladas. El resorte que impulsaba el carruaje en cualquiera dirección era de los más ingeniosos. Esta feliz invención que nos da la más completa seguridad en vez de los peligros de antes, está en moda desde hace veinte años. En tiempos de barbarie, se llenaba la ciudad con una multitud infinita de caballos que continuamente ponían en peligro la vida y los miembros de sus dueños y de los transeúntes. La gente rica, para dejar satisfecha una vanidad pueril, lanzaba en las calles angostas sus corceles fogosos o asustadizos, y proporcionaba a los *reporters* de los periódicos un lindo contingente de catástrofes diarias. En esos tiempos, los *tramways*, las carretas, carretillas y jinetes cruzábanse locamente por toda la ciudad, pisoteando, aplastando, chocando, asustando, y sobre todo, poniendo en exhibición los esqueletos de pobres rocinantes automáticos, martirizados por cocheros torpes o crueles. Buenos Aires era entonces un campo de batalla en que los vehículos y los caballos hacían el oficio de balas de cañón; sin tener en cuenta que si se libraba uno, por milagro, de estos proyectiles, arriesgaba veinte veces romperse el pescuezo o las piernas sobre un empedrado de tal modo dispuesto para dar una idea bastante aproximada de las olas del golfo de Gascuña.

¡Oh! ¡¡El antiguo empedrado de Buenos Aires si hemos de dar crédito a las descripciones que nos han dejado las leyendas, las crónicas y los dibujos satíricos del Siglo XIX!!

Hoy, la calzada se halla cubierta de un cemento duro y bruñido como el acero, en el que han incrustado pedacitos de mármol pulimentado, de todos los colores.

Los artistas empedradores se han entregado a verdaderos excesos de imaginación para formar, con estos pedacitos de mármol, arabescos y dibujos los más Caprichosos; el comercio tenía que aprovechar naturalmente este mosaico para hacer de él un instrumento original de publicidad, así es que se puede leer sobre el empedrado de las calles, de las plazas, de los *squares* y de los paseos los nombres y las señas o dirección de las principales casas de negocio. La población china, como es aquí muy numerosa, y el idioma del Celeste Imperio tan común como cualquiera de las lenguas americanas o europeas, y además la escritura chinesca prestándose admirablemente a la concisión, estos avisos, en la mayor parte, están trazados en chino.

Por todas las calles circulan los tramways eléctricos; no ya esos pesados y amenazadores tramways de antaño, con sus cornetas que daba dentera oírlas y capaces de hacer condenar a un santo, pero sí unos bonitos carruajes de 8 asientos llamados golondrinas, cómodos, coquetos, sobre flexibles muelles y de pequeño bulto. Su trayecto es siempre directo de uno a otro extremo de cada calle; una calle está destinada a los *tramways* que suben, su vecina a los que bajan. El número de estos carruajes es incalculable, si se recapacita que la salida de cada carruaje se efectúa de dos en dos minutos. Sin embargo, el orden del desfile a derecha e izquierda se observa tan perfectamente que casi nunca sucede un aglomeramiento y jamás ningún accidente.

Por otra parte, hay en las encrucijadas las más peligrosas, puentes de fierro con pasamanos plateados, livianos y con recortes que semejan inmensas colgaduras de encajes, los que, apoyándose en los cuatro ángulos de las calles, permiten a los transeúntes atravesar las calzadas, al abrigo de los carruajes. Las escaleras tienen dos metros de anchura, mitad para los que suben y mitad para los que bajan. En medio de la plataforma de intersección, se encuentran elegantes kioscos, pintados de azul y oro; en uno se expenden los periódicos, en otro una joven vende flores y distribuye gratuitamente a los transeúntes las bebidas higiénicas suministradas por la junta de salubridad, o el agua fresca y pura de la Sociedad de Aguas Clarificadas de la ciudad.

Por otra parte, el establecimiento de las vías férreas subterráneas que atraviesan la ciudad y ponen en comunicación, con la estación del puerto, todas las líneas que vienen a parar a Buenos Aires, es de poderosa ayuda para facilitar la circulación. Este ferro-carril, llamado El Metropolitano tiene estaciones en las principales calles, y cada cinco minutos sale un tren en pos de otro tren.

VIII.

La mano puesta en el timón de ébano, Sebastián condujo a sus huéspedes primero al templo principal, que ha tomado el lugar de la antigua catedral, que cayó bajo el martillo del demoledor, al ensanchar la plaza de la Victoria. Esta obra maestra del inmortal arquitecto Argentino Muratore, ocupa la esquina de la avenida Rivadavia y de la calle Magallanes. Abarca, con todas sus dependencias, dos cuadras completas.

Muratore había estudiado arquitectura en la escuela de Bellas Artes de Buenos Aires y obtenido el gran premio. Preciso es decir que este Gran Premio confiere al que lo obtiene, el derecho de viajar veinte años a expensas del Gobierno, y el de construir un monumento público —que de antemano se le señala— dentro de los veinticinco años contados desde su salida de la escuela. Aprovechándose de la munificencia de nuestras leyes, nuestro inmortal arquitecto había ido a visitar la vieja Europa para estudiar las obras maestras del arte griego y cristiano: las catedrales de Roma, de Amiens, de Chartres y de Milán, la abadía de Westminster, San Pedro de Roma, la mezquita de Santa Sofía, de Constantinopla. Según los vestigios que se hallan derribados por tierra o desparramados en los museos, en los trabajos de los sabios, de los arqueólogos y de los numismáticos, con todo eso había llegado a reconstruir, bajo su primitiva forma, la Acrópolis de Atenas, el templo de Diana en Éfeso y el de Salomón en *Jerusalem*. En Pekín había admirado el Altar del Cielo y el de la Vida Eterna, y en Lahore, en Delhi y en Ceylán las gigantescas y misteriosas pagodas de los sacerdotes de Brahma y de Buda.

De regreso a Buenos Aires, después de doce años de viajes, trabajó trece años para poner en orden todos esos materiales, y del crisol en que había echado esa enorme masa de estudios, había salido el plano admirable de esa catedral, que los artistas del mundo entero vienen a contemplar con entusiasmo. Muratore no gozó de la dicha de ver su obra concluida;

envejecido y gastado antes de tiempo, murió doce años antes de finalizar los trabajos.

El cuadro tan exiguo de este relato no nos permite dar una descripción, aunque fuera compendiada, de esta catedral; diremos tan sólo que el coronamiento lo forman siete cúpulas: seis de la talla de la cúpula de San Pedro de Roma, que sostienen la séptima de un diámetro dos veces mayor. En la intersección de esta cúpula central con las demás, se elevan cinco minaretes de una altura prodigiosa, mientras que todo en derredor de la fachada exterior, entre cada una de las seis cúpulas, siete torres con sus correspondientes campanarios superpuestos y tallados transparentes como los de

Rouen o de Milán, se lanzan desde el suelo hacia las nubes, pero a menor altura sin embargo que las agujas de los minaretes. En estas torres hay una orquesta completa de campanas con acompañamiento de charangas o címbalos automáticos, que llenan los aires de alegres notas y patrióticos cantos en días festivos y de regocijo público. Una cruz colosal sirve de remate al cimborio principal y domina la estatua de la Virgen y de los cuatro Evangelistas y de San Pedro que coronan las seis cúpulas inferiores.

Este edificio tiene, en todas sus proporciones, tal grandeza, tal majestad y los tesoros de escultura, de pintura, de tapicería que lo adornan están distribuidos tan admirablemente y con tan profundo sentimiento del arte religioso, con tal fe, pudiera decirse, que, al penetrar en él, se experimenta una honda impresión. Parece que el mismo Dios viene a manifestarse allí al alma humana, y las ideas de ese misterio infinito se nos imponen, sin que al espíritu le sea dado impedirlo, aún al del más materialista de los visitantes.

La catedral se halla circundada por un pórtico de doce metros de ancho, empedrado de mármoles preciosos y sobre el cual se abren, por un lado, las puertas del edificio, y por el otro, las capillas históricas destinadas a los grandes servidores de la patria. La historia de estos hombres ilustres se halla escrita sobre el mármol de sus tumbas, para que sirvan de enseñanza a las generaciones que en pos de ellos vendrán. Es el culto que se rinde a los santos de la humanidad, culto que estrecha la mano al que se ofrece a los elegidos de la divinidad.

En los edificios que rodean a la catedral, y que se enlazan por medio de galerías de mármol color rosa, están los palacios del Cardenal Arzobispo de Buenos Aires, y de su Capítulo; las oficinas de la administración diocesana, los seminarios, y los salones de reunión de las cofradías piadosas.

Primavera bajó del carruaje, y, del brazo de su esposo, entró en la Iglesia, la recorrió y de nuevo subió al carruaje, sin que Enrique tuviese que castigar ni la insolencia de una sola mirada de admiración indiscreta o de malsana curiosidad, que se hubiese dirigido a la maravillosa hermosura de su mujer. No nos hallamos ya en aquellos tiempos en que las iglesias de Buenos Aires tenían una apariencia más que mundana; en que los jóvenes alineados en los atrios de las iglesias y sus naves laterales, pasaban el tiempo, que duraban las ceremonias religiosas, en mirar de un modo intencionado y atrevido a las señoras que estaban arrodilladas o sentadas en la nave principal, adonde las jóvenes católicas iban temblando a las misas mayores de los días de fiesta. Actualmente, el interior de la Iglesia ha vuelto a recobrar la dignidad de que, la relajación de la fe y de las costumbres, la habían privado en tiempos pasados, y la salida de la catedral no se parece ya a la de un teatrillo de mala muerte.

La calle Cristóbal Colon conduce de la catedral a la plaza principal, llamada plaza Roca. Una hermosa estatua ecuestre de este general adorna el centro de la misma. Se recuerda aun hoy dia que Roca, dos veces presidente, desde 1880 hasta 1886, y de 1892 a 1898, había preparado y dirigido las campañas del Rio Negro y del Gran Chaco, y de este modo abierto a la colonización más de 30.000 leguas de territorio. Tampoco han echado en olvido que la inmigración bajo sus dos períodos gubernativos ha tomado un desarrollo considerable y que fue siempre en aumento, merced a la tranquilidad con que supo dotar al país, y a las leyes liberales de que él fue el inspirador. En fin: todo el mundo sabe que a fuerza de sabiduría y moderación, completó la fusión de todos los partidos que dividían entonces la República y que desde entonces formaron la gran unidad progresista.

Esta inmensa plaza presenta en sus cuatro costados, sin solución de continuidad, vastas posadas, que siempre parecen demasiado pequeñas, debido a multitud de viajeros de las cinco partes del mundo, que afluyen a este centro. Se levantan cuatro teatros en el centro de cada línea, siendo obras del mismo arquitecto. El más hermoso y el mayor de ellos es el Teatro Rossini; su arquitectura es de lo más gracioso; las columnas de su peristilo las forman figuras de mujer combinadas de la manera más ingeniosa y del mármol más puro, cuyos grupos, superponiéndose sostienen el cornisamento. Las melodiosas heroínas de la obra rossiniana han sido personificadas por el célebre escultor Dimitry de Atenas, y adornan su frontispicio. Este teatro, exclusivamente destinado para la música, puede acomodar seis mil espectadores. Los otros tres teatros se reservan para el baile, para las grandes pantomimas y ejercicios ecuestres interpolados con juglerías indianas, japonesas y chinas.

En Buenos Aires, hoy, los teatros en que se habla no son en todo sino dos, y esos, están relegados a los límites del barrio marítimo. En la antigüedad, la comedia y el drama han gozado con justicia de un gran favor, y esto se comprende. Los vicios, las ridiculeces, las pequeñas pasiones, toda la chismografía del viejo mundo tan limitado, ya no ofrecen, en nuestros días, ningún interés. El universo representa un drama, no en cinco actos, pero en cinco partes; mil eslabones eléctricos cuentan mil escenas, y forman a cada instante un diálogo eterno entre ambos mundos. A dos actores que contasen sus asuntos delante del agujero del consueta nadie les escucharía ahora.

La música es la única que ha conservado el derecho de hablar; ella sola puede hacerse comprender de un público compuesto de todas las naciones y de todas las lenguas del Universo. Todas las sátiras mezquinas de la humanidad, todas las representaciones escénicas de nuestras enfermedades morales, todas las convicciones que no servían sino para alimentar los odios y las misantropías, porque presentaban el hombre al hombre bajo un aspecto horriblemente feo, todas esas lecciones de moralidad que caían de la viciosa cátedra del teatro, ya no tienen su razón de ser, y no encontrarían eco en este siglo de comunión universal, en que la verdadera civilización ha pronunciado estas sus últimas palabras: ¡Fe, Amor, Caridad!

IX.

En esta plaza se hallan también la Administración de Correos y la de Telégrafos. La Administración de Correos nada tiene que envidiar, bajo el punto de vista de las comodidades de toda clase, a los más afamados establecimientos de ese género de las demás capitales del universo. En un inmenso vestíbulo y sobremesas de mármol, se halla a la disposición de todos, todo lo necesario para la correspondencia; el público circula con facilidad y encuentra el buzón de servicio del Correo para las cartas y los impresos. El Correo de las Mensajerías tiene su entrada particular por una calle cercana de la

Plaza. Este último Correo que ha suprimido las lentitudes de los antiguos modos de comunicarse para los bultos de premura, emplea, para Buenos Aires sola, ochocientos carruajes de *postage*; ella se encarga de cuanto se la quiera ocupar, hasta del cargamento más grande, y hace la expedición de todo bajo la responsabilidad de la Administración. La Casa de Telégrafos está situada enfrente de la de Correos; está construida por el mismo estilo y ambas se armonizan. Se ve en su fachada el gran *Tabularium* en el cual se inscriben las noticias que interesan al público; de día, esas noticias se trazan con caracteres blancos, de un metro de alto, sobre el fondo negro del *Tabularium*; de noche las letras las forma el fuego eléctrico. En este instante la noticia inscrita en el *Tabularium* dice así: Mendoza † Mediodía † Túnel del Tupungato concluido. Ferrocarril de B. A. a Santiago se inaugurará dentro de 12 días.

Los jóvenes esposos no prestaron su atención por mucho tiempo a esta plaza y sus monumentos; deseaban cuanto antes ver el puerto de Buenos Aires, pues se le considera como uno de los primeros del mundo. Trabajos, en otro tiempo casi imposibles, y hoy sumamente fáciles, merced al agente eléctrico, con que se ha profundizado el lecho del riachuelo y ensanchado sus orillas, han hecho de él un rio navegable hasta para buques del mayor porte —en una extension de cinco *kis*—. Se ha precisado un siglo para terminar este trabajo; pero ¿qué es un siglo en la vida que el porvenir le tiene reservado a Buenos Aires? Una parte del antiguo barrio de la Boca y de Barracas ha sido transformado en puerto, y nada conmueve tanto como la vista de este inmenso estanque de agua viva en que tremolan los pabellones universales y amigos, a los que sirven de marco los palacios del comercio con sus cornisas de mármoles índicos, coronadas de estatuas de navegantes ilustres. Allí está la Bolsa, edificio inmenso de estilo egipcio, custodiado por dos esfinges gigantescas, símbolo misterioso que recomienda la prudencia a los especuladores demasiado arrojados.

Los muebles están construidos con

enormes baldosas de granito de los Andes, y principian en el desembocadero del muelle gigantesco de que ya hemos hablado. En este punto se levanta la colosal estatua del Prometeo antiguo hecha de bronce dorado: homenaje que con ella rinde la civilización moderna al genio profético de la antigüedad griega. El gigantesco titán aplasta contra la roca al buitre, mientras que, con una de sus manos extendida por encima de su cabeza, sostiene el sol eléctrico, que después de ponerse el Sol, enciende de nuevo el dia en la inmensa zona que le rodea. La estatua es un Faro, y los rayos de su vasto foco luminoso eclipsan, en las noches de verano, las más brillantes constelaciones.

Los muelles orlan las orillas del rio por espacio de una legua. Preciso es volver hacia la antigüedad egipcia para hallar una tan extensa sucesión de edificios construidos sobre dos márgenes. Es el barrio de la opulencia comercial. Allí se encuentran las mil factorías que mantienen una correspondencia activa con el orbe entero. El muelle de la abundancia lo ocupa en toda su longitud un inmenso granero en que se acumulan los productos del país destinados a la exportación: el arroz, el trigo, el maíz, la cebada, el azúcar, el café, los vinos, la lana, el lino, la seda, etc. El petróleo se halla encerrado en vastas cubas flotantes, de donde vienen a sacarlo bombas aspirantes y de compresión a la vez, para introducirlo en buques construidos exprofeso para el transporte de esta esencia mineral llamada a reemplazar el carbón que se ha hecho muy escaso. El embarque de animales en pie: caballos, bueyes, carneros etc., se efectúa en un estanque destinado especialmente para esta operación.

Debido a su situación topográfica, a la industria de sus hijos y los restos de agricultura práctica, el suelo argentino produce actualmente las legumbres, los granos y las frutas de casi todas las latitudes, y en proporciones cien veces mayores de lo que precisa. En otros tiempos, cuando Buenos Aires era, para todo, tributario de otros países, apenas algunos centenares de buques surcaban tristemente su inmensa rada solitaria; ahora, más de veinte mil buques están continuamente ocupados en cargar en nuestro puerto las riquezas agrícolas de nuestro suelo para transportar por el mundo entero la superabundancia de nuestra producción. Estos resultados admirables se deben a la cordura y estabilidad de nuestros gobiernos, que han venido sucediéndose desde hace doscientos años, a los decretos de 1907 acerca del celibato, y sobre todo al amplio estímulo dado a la inmigración desde el año 1880. En esta época, por fin, fue que el gobierno comprendió que los gastos hechos en favor de los inmigrantes, que las primas que se les ofrecían, serian devueltas con el céntuplo al país, con la industria y el trabajo de las familias extranjeras que vendrían a poblar las soledades de la Pampa. La corriente de la inmigración una vez en movimiento, no se detuvo más e hizo de la República Argentina la reina de los Estados de la América del Sur. La inmigración China por sí sola —que no empezó sino hacia 1885— no nos ha traído menos de dos millones de colonos.

Para la salubridad de estos grandes centros marítimos tan populosos, hacia 1950 se plantó un bosque de 800 cuadras de superficie, como a dos *kis* de la entrada del puerto, sobre la margen derecha del riachuelo, y apenas a cien metros del rio. Sirve de parque, de jardin público, de paseo a este inmenso barrio del Puerto. El público encuentra allí, sin pagar por ello, todas las diversiones posibles: teatros, circos, hipódromos, naumaquias, conciertos, bailes, fuegos artificiales, ascensiones aerostáticas, carreras, casas de fieras, bibliotecas, regatas, justas sobre el agua, juglares de la India, bayaderas, aalos enjabonados, magnetizadores, gabinetes de física recreativa, montañas rusas, cafés cantantes, figuras de cera, gigantes de Alemania y enanos de Laponia, en fin, todos los fenómenos zoológicos del universo, de la naturaleza. El Banco Universal del Crédito Territorial Argentino hace frente a los gastos de tantas diversiones tan gratas para el pueblo, sobre todo cuando no paga nada por ellas.

El Banco del Crédito Territorial Argentino no consagra a este gasto sino una mínima parte de sus inmensas rentas.

El origen de la fortuna colosal de este establecimiento, de sus entradas escandalosas —si estas no se empleasen en parte para cubrir gastos de utilidad pública— se debe al aumento casi inverosímil del valor de los terrenos de que en otro tiempo se hizo comprador y dueño. Algunos de estos terrenos valen hoy mil seiscientas veces lo que costaron al adquirirlos; es decir: las leguas que se pagaron antes a razón de cinco mil pesos, hoy cuestan ocho millones; o, en otros términos, que una hectárea cuadrada vale hoy lo que antes valía una legua.

Sobre la orilla exterior del bosque se halla el Jardin de las Cenizas, en donde, y bajo árboles corpulentos y entre flores, están depositadas las urnas funerarias; en el centro de estos jardines se ha levantado la pirámide en la que se hace la cremación de los cuerpos.

X.

La región del bosque del riachuelo corona dignamente todas las magnificencias del barrio del Puerto. Nada tan espléndido como la avenida triunfal que une el bosque a la ciudad, y a cuya extremidad se levanta el arco de Triunfo de la Paz, gigantesco orador de granito consagrado a los triunfos de la Paz, llamado a ocupar en nuestra moderna civilización el lugar de los monumentos que nuestros bárbaros antepasados elevaban a los conquistadores victoriosos.

El Arco de la Paz está dividido en cinco partes como nuestro globo; tiene cinco fases, o cinco losas de mármol, sobre las que están grabados los nombres de los héroes de la Paz con los títulos de sus victorias. No ha habido celos mezquinos de nacionalidades que hayan venido a excluir ningún nombre extranjero. Los descubrimientos de Heinbach, al poner al alcance de nuestra vista las espantosas revelaciones del infinito, han hecho que miremos con tanta lástima lo exiguo de nuestro átomo planetario, que no nos atrevemos ya a dividirnos, y que ya no nos consideremos verdaderamente grandes sino por el alma, la inteligencia y el bien.

Enrique y Primavera leyeron los principales nombres inscriptos sobre las cinco fases del Arco de la Paz con sus títulos de gloria. Algunos de ellos bastarán para dar una idea de los demás.

Urquiza, de Tucumán, ha descubierto el remedio para la filoxera.

Samuel Platt, de Londres, ha legado para los huérfanos de marineros muertos en el mar, una renta perpetua de 50 mil libras esterlinas.

Marquerat, Nueve de Julio, ha connaturalizado en la República Argentina el alcornoque y los gusanos de seda de la China.

Espinosa, sacerdote argentino, ha convertido al cristianismo y a la civilizacion, y atraído a la patria argentina, treinta mil indios asilados en las cordilleras de los Andes.

Ristorini, natural de Buenos Aires, ha descubierto las minas de oro de San

Juan.

Jouffroy, de París, ha conseguido almacenar el calor solar y aplicarlo a las necesidades ordinarias de la vida.

El Doctor Suel, de Montpellier, ha descubierto el remedio para curar la tisis.

Francisco Simon, de Chalon Sur Saone, aplicó el sistema de los fierros de foco de platino del doctor Paquelin, a la marca de animales, lo que ha aumentado en cien millones anuales el valor del ganado argentino.

Schwehr, de Bale, por medio de una hábil canalización, ha devuelto al Egipto su antigua fertilidad.

J. Spiers, de Dublín, merced al agente eléctrico, ha hecho desaparecer todos los escollos de coral a flor de agua que hacían tan peligrosa la navegación del mar llamado de Coral.

Los cinco catálogos del Arco de la Paz están a mitad llenos con estos títulos de nobleza; pero a la otra extremidad de la avenida, se va a construir en breve otro arco triunfal, erigido para perpetuar la memoria de los verdaderos bienhechores de la humanidad.

Nuestros jóvenes esposos quisieron llevar consigo un recuerdo del Arco de la Paz y sacaron de él un cliché instantáneo por medio de su cámara oscura de bolsillo, tan cómoda para los turistas.

¿Qué diremos ahora de los hospicios, hospitales, escuelas, museos y bibliotecas, de las inmensas colecciones Cosmetológicas, zoológicas, ornitológicas elicpológicas, de los jardines de plantas y de aclimatación esparcidos por toda la ciudad y que nuestros viajeros apenas si tuvieron tiempo de pasar por ellos a la carrera? Se hubieran precisado quince días tan solo para examinar en detalle el Museo de Fotografía, que viene a ser como el resumen de todos los museos del orbe. Desde el descubrimiento de la fotografía de colores, es decir: que reproduce a un mismo tiempo que sus formas y sus líneas, el color de los objetos, las obras maestras de los pintores de tiempos antiguos, coleccionadas, forman museos admirables en que en realidad se encuentran sus cuadros con toda la riqueza del colorido. La fotografía que hoy reproduce a la Naturaleza con sus tintes los más vivos, y más cálidos, y las matices más delicados, alegran y vivifican ahora nuestros aposentos que antes hacían sombríos con imágenes abominablemente negras y tristes.

Al pasar por el teatro que funcionaba de dia, Primavera manifestó el deseo de alquilar un palco para presenciar el magnífico espectáculo que tiene por araña el Sol. En ese momento representaban el Ballet las Oceánidas ejecutado por mil muchachas de todos los países, de todos los matices de cabello y cutis. Enrique dirigiendo la palabra a su esposa con mucha dulzura, le dijo:

—Tus deseos, queridita mía, también son los míos: pero este espectáculo dura cinco horas, y tengo imperiosos deberes que cumplir. Primeramente tenemos que ir a la isla de Borbon a causa de ese pobre Cándido siempre privado de noticias; es un servicio urgente. Tampoco debo echar en olvido mi prefectura de los Andes del Norte. Desde anoche no dispongo ya de mi persona; pertenezco a los colonos de Jujuy y del Gran Chaco, y a los accionistas de mi mina de cobre. Cinco horas dedicadas a un placer frívolo pesarían sobre mi corazon cual un remordimiento.

Primavera inclinándose dijo:

—Tú siempre tienes razón.

Los dos esposos, después de haber enviado a Bonifacio al Hotel de la Prefectura de los Andes, para tener todo listo para su próxima llegada, se despidieron de Sebastián y de Cándido en el embarcadero americano, delante del muelle de pasajeros. Allí se apostan los paquetes de hélice eléctrica que bajan el Rio de la Plata y toman vuelo hacia la India, tocan en el cabo de Buena Esperanza y Borbon. No hay sino una salida cada dia. Son como ciudades flotantes; su mole no perjudica a su agilidad, merced al poder irresistible del agente locomotor. Hoy, un viaje de un mundo a otro, se mira como un paseo; hay trenes de recreo todos los días, que recorren la distancia de Buenos Aires a Paris.

XI.

El paquete que llevaba a nuestros jóvenes esposos se llamaba el Río Negro. Cansado con su largo paseo al traves de las maravillas de Buenos Aires, Enrique y Primavera, después de un corto refrigerio tomado en el salón de sus aposentos, y un paseíto sobre cubierta en que la orquesta del buque tocaba, según costumbre diaria, a la salida y a la puesta del sol, los cantos patrióticos de todos los pueblos del mundo se recogieron.

A pesar de la afluencia de pasajeros, los paquetes de la línea India a Buenos Aires están dispuestos interiormente con tanta inteligencia y tal conocimiento de lo confortable y lo cómodo, que todos los pasajeros disponen de un dormitorio con una o dos camas, precedido de un saloncito coqueto, adornado con flores y fotografías coloreadas que representan las más bellas vistas de ambos hemisferios. El sueño, a bordo, es siempre tranquilo, pues no llega a oido de los pasajeros ninguno ruido de máquinas ni de hélice, debido a un sistema de encapullamiento con *cautchuc* muy grueso que rodea todos los camarotes, los aposentos de las máquinas y los tubos que contienen las hélices. Desde hace mucho tiempo el vaivén y cabeceo de los buques se había hecho insensible. La marcha del buque, término medio, es de tres kis. por minuto, es decir: 4320 *kis* por dia; de modo que al tercer dia por la mañana a las tres, el río Negro tocaba en el Cabo de Buena Esperanza, habiendo hecho 1600 leguas en treinta y seis horas.

En el momento en que el buque llegaba a puerto, un *maitre d' hotel*, vino a despertar a Enrique, para entregarle un telegrama que allí en el Cabo le esperaba; este telegrama era de Cándido, en que le anunciaba que habiendo dado el padre de Violeta, una respuesta favorable, se hacía inútil el viaje a Borbon. La demora había sido causada por una rotura del cable telegráfico entre Madagascar y el Cabo, así que, favorable o adversa, la noticia no había podido llegar la víspera a Buenos Aires. Nuestros jóvenes esposos, felices con este incidente, la misma mañana a las seis tomaron pasaje en un paquete que salía para Bahía Blanca, adonde llegaron al tercer dia a las ocho de la mañana. Inmediatamente tomaron el tren de Bahía Blanca al Cabo —el que los condujo en tres horas a San Cristóbal—: este fue un nuevo paseo.

Después de haber prestado algunas horas a los deberes sagrados de la familia, volvieron a tomar el ferro-carril del Oeste, y llegaron al día siguiente a Petrolina, prefectura de los Andes del Norte.

Se le esperaba a Enrique con todos los honores que eran debidos a su rango y a su mérito. El fiel Bonifacio había organizado ya su casa, en donde todo estaba listo para recibirle.

Enrique es el modelo de los prefectos y de los maridos. Merece tener una numerosa familia: ¡que Dios se la conceda!

FIN

Libros Mablaz Ciencia Ficcion y Fantasía

http://librosmablaz.com/

Libros Mablaz CLÁSICOS de Ciencia Ficción recuperados

LM
CLÁSICOS

http://librosmablaz.com/

Libros Mablaz

Narrativa — Relatos

/www.librosmablaz.com/